다 떠난 바다에 경례

황금알에서 펴낸 오승철 시집
오키나와의 화살표(2019)
길 하나 돌려세우고(2021)
사람보다 서귀포가 그리울 때가 있다(2022)
다 떠난 바다에 경례(2023)

오승철
서귀포 위미에서 태어나 1981년 동아일보 신춘문예에 「겨울귤밭」으로 등단하여
작품 활동을 하고있다. 시조집으로 『사람보다 서귀포가 그리울 때가 있다』
『오키나와의 화살표』『터무니 있다』『누구라 종일 홀리나』『개닦이』등 5권을
펴냈고, 단시조 선집으로 『길 하나 돌려세우고』, 우리시대 현대시조 100인선
『사고 싶은 노을』, 8인8색 시조집 『80년대 시인들』등을 냈다. 중앙시조대상,
오늘의시조작품상, 한국시조대상, 고산문학대상 등을 받았다. 오늘의시조시
인회의 의장을 지냈다.
osc3849@empas.com

황금알 시인선 264

다 떠난 바다에 경례

초판발행일 | 2023년 3월 6일

지은이 | 오승철
펴낸곳 | 도서출판 황금알
펴낸이 | 金永馥
주간 | 김영탁
편집실장 | 조경숙
표지디자인 | 칼라박스
주소 | 03088 서울시 종로구 이화장2길 29-3, 104호(동숭동)
전화 | 02)2275-9171
팩스 | 02)2275-9172
이메일 | tibet21@hanmail.net
홈페이지 | http://goldegg21.com
출판등록 | 2003년 03월 26일(제300-2003-230호)

다 떠난 바다에 경례

오승철 시조집

황금알

고구려 시대에도 해녀들이 존재했다는 기록이 있습니다.

이제 대물리며 사천 년간 섬을 지켜온 그들이 퇴장하고 있습니다.

자욱했던 숨비소리도 사라지고 불턱의 잔불들도 꺼져가고 항일운동을 펼쳤던 그 기개만 역사 속에 남았습니다.

상군해녀였던 어머니도 떠나셨습니다.

저 텅 빈 바다에 무엇을 바칠까 하다가 그냥 거수경례나 하고 돌아갑니다.

2023년 봄기운 속에서… 오승철

차 례

2부 물질 끝낸 바다에 경례

4부 입술에 묻은 '쌍시옷'

5부 게미용 점방 불빛

■ 해설 | 박진임

1부

서귀포를 찾아서

고추잠자리. 22

– 그래, 그래 알겠더냐
　 날아보니 알겠더냐

– 그래, 그래 알겠더냐
　 매운맛을 알겠더냐

한 생애
그리움으로
붉어보니 알겠더냐

다 떠난 바다에 경례

둥실둥실 테왁아
둥실둥실 잘 가라
낮전에는 밭으로 낮후제는 바당밭
누대로 섬을 지켜온
그들이 퇴장한다

그만둘 때 지났다고 등 떠밀진 말게나
반도의 해안선 따라
바다 밑은 다 봤다는
불턱의 저 할망들도
한때 상군 아니던가

한 사람만 물질해도 온 식구 살렸는데
어머니 숨비소리
대물림 끊긴 바다
숭고한 제주 바당에 거수경례하고 싶다

그리운 관명

건들지 말아야 할 건 건들지 말아야지
멀쩡한 세상 한켠 뭘 자꾸 훔쳐보나
기어이 동터난 게지 멱살 잡고 가는 눈발

이 섬의 구석구석은 신의 영역이지만
귀신들도 딱 한번 줄행랑칠 때있다
"어사또 출두야" 같은 관명이란 말 앞에선

새마을 기 펄럭펄럭 재래식 변소개량
누가 내 가슴에도 관명이라 붙여다오
하룻밤 하룻밤이라도 너 없이 살고 싶다.

칠십리

세상에 등 내밀면 안마라도 해주나
해마다 점점 낯선 서귀포 솔동산길
찻집에 몰래 온 섬도 뿔소라로 우는 저녁

축하하듯

어느 마을에나 정자가 있고 공론의 장이 있다
서너 명만 모여도 웃음꽃은 피어나고
망오름 장끼소리도 까딱하면 소환된다

하루는 어머니도 이 논의 속에 올랐다지
저 하늘 별 하나 더 늘었을까 줄었을까
가신지 얼마쯤 돼야 고향에 별로 뜰까

하늘은 하늘대로 우릴 내려 보나보다
하늘나라 입학을 축하하는 것인지
가끔은 마을 밖으로 별똥별도 쏘아댄다

서귀포 칠십리

— 〈서귀포 칠십리〉란 노래를 작사한 조명암에 대해

그게 어디 숫자여?
부르고픈 이름이지
백 리는 너무 멀고
오십 리는 좀 짧다고?
'서귀포 칠십리'란 말 내뱉고 간 사람아

어디서 어디까질까, 서귀포 칠십리는
섬들을 한 바퀴 도는 그 거리가 그쯤이겠고
이 땅의 그리움 찾아 나선 길도 칠십 리

그래! 어떻던가 거기에는 있던가
삼팔선 넘어서면 칠십 리 더냐, 천 리 더냐
사람아, 칠십리란 말 흘리고 간 사람아

서귀포 동문로타리 닭내장탕

어느 도시에도 찾기 힘든 닭내장탕집
무김치 너댓 개면 접시가 넘치지만
그 식당 아줌마 볼도 김치처럼 물이 든다

닭장에 갇히거나 아파트에 갇히거나
닭의 길, 사람의 길, 그게 그걸 테지만
아리랑 아리랑 같은 구불구불 닭내장길

무김치와 닭내장탕, 아줌마와 사십 년 간판
궁합도 저리 맞아야 세상맛을 아는 걸까
주문을 넣기도 전에 보글대는 저 냄비

서귀포 칠십리를 찾아서

— 이제하

서울에서 가장 먼 땅 무얼 찾아왔을까
총각 서정주나 월북 작가 조명암이나
칠십리 돌아선 길섶 무얼 찾아 왔을까

무얼 찾아 왔을까 어떤 사내 또 왔네
성산포 변두리 마을 거기서 더 변두리
다 낡은 창고를 고쳐 갤러리로 꾸몄네

무얼 찾아 왔을까 찾아내긴 한 것인가
동숭동 마로니에에서 '모란동백'이나 부를 일이지
밀썰물 다녀가듯이 무얼 채우고 비우는가

오조리 포구

가을 햇살 몇 줄기 갯벌로 기어 나와
보글보글 밥을 짓는 오후 네 시 오조리 포구
비린내 폴폴 날리듯 달랑게 같은 저녁이 온다

그렇게 어느 길목 돌아 나온 갯메꽃처럼
통통통통 발동선도 오늘 밤 바다에 들면
저마다 꽃이 아니랴 우성강 갯메꽃 아니랴

온종일 발길들도 뜸하디뜸한 바닷가
그리운 그 이름마저 뱉지 않고 그냥 가리
자리젓 고린내 같은 고백 한번 없이 가리

사천 년 물질을 마치는 저 바다에 무엇을 바치랴

세계 최강 제주해녀라는

그런 말 하지 마라

살기 위한 몸부림

자맥질일 뿐이다

꽃 대신

눈물이라도

뜨겁게 바치고 싶다

서귀포극장

전쟁 난리 멎은 이 땅 누가 세운 극장일까
허기는 밥만으론 채울 수 없다는 듯
칠십리 섬들도 불러 요리조리 앉혀 놨다

산남지역 명동은 서귀포 솔동산길
주연배우 웃들은 그날부터 유행을 타고
때때로 유랑극단이 유랑의 세월 달래준다

개관한 지 육십 년 누가 그 문 닫았나
이름도 서귀포극장 겉모습도 그대론데
그 옛날 그들의 뒷모습 쓸쓸함이 만져진다

2부

물질 끝낸 바다에 경례

서귀포 한쪽

눈발이 펏들펏들
서귀포 동문로타리
시외버스 끊겼지만 국밥은 말고 보자
택시비 그게 문젠가 '비틀' 길을 메고 간다

2022년 12월 23일 오후 9시 50분
이 길이 십 년 후면 나를 기억해 줄까
변변한 시 한 편 없이 찾아온
서귀포 한쪽

쌍계암 목불의 말씀

제주시와 중문 사이

가다 오다 들르는 암자

목불마저 서둘러

예불을 마쳤는지

솔숲에 싸락눈 오네

말씀을 흩뿌리네

아리랑 아리랑 이쿠노아리랑

재일동포 소설가

깡다구 김길호 씨

세화장 한켠 같은

이쿠노 쓰루하시 시장

좌판에 싸락눈 소리

오락가락 제주사투리

사천 년 해녀물질 끝나는 바다에서

한반도 해안선 따라 굽이굽이 돌아들면
어디서나 고무옷 입고 늙어버린 바다가 있다
이어도 꿈을 그리며 건너온 저 바다들

삼짇날 원정물질 추석이면 돌아간다
다 떠난 바다에도 물결소리 숨비소리
더러는 육지 총각과 눈이 맞아 눌러산다

사천 년 대 이은 물질 이제 비록 끊긴대도
사람 서넛 사는 섬에 데닥데닥 홍합처럼
사투리 제주사투리 끈질기게 붙어산다

모슬포 절울이오름

섬들이 외로운 날은 사람들도 외롭다
한반도의 끝자리 바람받이 총알받이
가파도 마라도마저 선명하게 뜨는 날

아무렴 왜 안 그러랴 이 몹쓸 모슬포 세월
신축교란 백조일손 그런 말만 들어도
부르고 싶은 이름들 떠돌지 아니할까

그래 안 부르마 다시는 안 부르마
오름 끝 벼랑 끝을 후벼 파는 파도 소리
아무리 잔잔한 날에도 잠 못 드는 절울이오름

* 파도가 운다는 송악산

탄불에 끓는 바다

11월 모슬포는 방어 떼가 오는 길목

마라도 가파도도 펄떡펄떡 뛰는 날

탄불에 살찐 바다가 자글자글 끓고 있다

그리운 삼포

성산포에서 모슬포 그 중간에 서귀포

어느 항구가 더 그립냐고 묻지 마라

윷판도 끝난 자리에 가을 저녁 빗소리

2022년 첫눈

망오름 앞뒤로 품은

내 고향과 가족묘지

허랑방탕 꿩 한 마리

산소에 뭣하러 왔나

아버지 어머니 생각

더 못 버텨 내리는 눈

모슬포 오일장

그게 땅 팔자지 어디 사람 팔잔가
한반도 최남단의 도시 여기서도 장이 선다
누구도 '못살포'란 말 입에 담지 않는다

마라도 가파도도 장날은 기억한다
산마을 구억에서도 길들이 걸어오고
이따금 종지옻 판에 바다도 들썩인다

갈치 세 마리와 도너츠 한 봉지
게도 갯강구도 장꾼처럼 돌아들고
섬들도 국밥집 근처에 아예 눌러앉았다

남극노인성

우러러 우러르라 장수의 별 뜨는 마을
서울, 평양, 제주시 그 어디도 안중에 없고
서귀포 그리움의 땅 칠십리로 오시는 별

한여름 밤 지배하던 전갈자리 떠난 하늘
불배들 간절한 꿈 하늘닿이 타오르는
호박꽃 다 졌는데도 반딧불처럼 떠도는 별

아버지 저 바다에서 무슨 꿈 그리는가
할망당에 두 손 모으듯 그 무엇을 빌고 있나
우러러 우러르시라 별의 마을 서귀포

발자국의 시

지우려면 싹 지우고 그냥 돌아갈 일이지

산방산과 해안변에 발자국으로 써 놓은 시

파도와 비바람마저 씻지 못한 저 발자국들

3부

펏들펏들 떠도는 눈

밥 한술만 내밀어도

뫼비우스 띠처럼 온종일 눈 오는 날

점심상 받아놓고 밥 한술만 내밀어도

4·3땅 쇠테우리로 펏들펏들 떠도는 눈

새연교

새섬 앞에 멈춘 테우 무엇을 낚고 있나
한때는 그물도 휘청, 자리를 끌어 올렸고
초장이 없어도 그만 보목바당 곳자리

새섬과 천지연을 이어주는 새연교
그 위에 테우가 있고 그 안에 폭포가 있다
새벽녘 뱃고동 소리 장닭 소리보다 크다

팔십 년 전 사랑이나 오늘날의 사랑이나
'서귀포 칠십리' 물새나 울리는 거
새연교 다리 끝에는 취하지 않는 쐬주가 있다

* 해방을 전후한 시기 조명암이 작사 작곡한 '서귀포 칠십리'가 유행
  했던 시절

슬픔으로 먹는다. 꿩

오늘은 얼마 벌었노?

이 산 저 산 곡쟁이야

상주보다 서러우냐?

· 돈이 적어 서러우냐?

어머니 무덤가에는

낼 돈이나 있더냐?

까투리가 꺼벙이에게

까투리 한 가족이 사냥훈련 나섰다

때로는 바람결에도 몸 사릴 줄 알아야지

"애들아, 삼십육계가 병법 중에 최고란다"

돌담올레 오조리

빙빙 잠자리 떼처럼 돌고 도는 돌담올레
어느새 팽나무도 이정표처럼 늙었지만
백년쯤 가면 끝나리 그 모래밭 그 이별

그냥 가지 왜 왔냐 듯 물동동 저 물새 떼
갈대숲과 일출봉을 물속에서 져 나르네
그 속에 흩어진 울음 그 울음도 지고 간다

그런 말 하지 마라 "4 · 3은 무슨 4 · 3"
강씨 할망 어딜 가고 돌아앉은 빈 난간
거기에 숨비소리가 아흔을 넘고 있다

나이 85세쯤에 들었다는 말

어느 날 백수白水선생 자녀들 다 모인 김에

반 농담 반 진담조로 새 장가 애기 꺼냈다지

그말끝 어느 자녀가 "언제면 철드실래요"

꿩과 고추잠자리를 그만 울리라는 농담에 대해

내 귀가 병들었나
꿩이 이미 다녀갔다고?
내 눈이 병들었나
잠자리도 다녀갔다고?
분명히 날 찾았을 텐데
응답 못 한 이승의 시월

대평 말의 길

안덕 들판 군산 들판 흘러나온 말길이
더러는 이끌리거나 더러는 내몰리며
간신히 말 한 마리씩 빠져나온 대평 말길

굽이굽이 이삼십 리 대평포구 이삼십 리
떠나는 길은 있되 돌아오는 길은 없고
떠나는 뱃길은 있되 돌아오는 말길은 없네

바위에 바위 얹고 슬픔 위에 슬픔 얹은
대평리 박수기정도 말울음 울 때 있다
포구의 몇 척의 배도 그렇게들 울 때 있다

* 제주에서는 대평 말길을 '대평 물질'이라 한다

우성강을 건너다

바다에도 강이 있다
힘줄 같은 강이 있다
우도와 성산포 사이 '우성강牛城江' 건너려면
갈매기 네댓 날리며
과자 뇌물도 바친다

시인 강중훈 고향
오조리도 흘려보내고
내 누이 시집 살던
종달리도 흘려보내고
보내고 남은 사람만 그 죗값이 푸르다

천진항 뱃고동 소리
마지막 울고 나면
어느 집 올레인들 이별 없이 버텼을까
물 천장 막 깨고 나온

숨비소리

저

갯메꽃

저 말이 가자 하네

사진작가 권기갑의 말 한 마리 들여놨네
고독은 고독으로 제련하란 것인지
삼백 평 눈밭도 함께
덤으로 사들였네

십 년 넘게 거실 한켠 방목 중인 그 말이
불현듯 투레질하네
이 섬을 뜨자 하네
나처럼 유목의 피가 너에게도 흐르느냐

살아야 당도하는 사나흘 뱃길인데
해남인지 강진인지
기어이 가자 하네
고향도 하룻밤 잠시 스쳐 가는 거처란 듯

똥막살이와 장끼

시 쓰고
작곡하고
노래하고
그림 그리는
똥막살이 주인장
그 부인은 어딜 갔나

고내봉 적막도 잠시
초록을 뱉고 간다

어 어 어

소설가와 언론인 재일 동포 두 김씨가

오사카에서 대판 싸워

등 돌리고 살았는데

물 건너 세화오일장에서 딱 마주쳤네. 어, 어, 어

4부

입술에 묻은 '쌍시옷'

낙장불입 3

하늘하늘 잠자리 연변 하늘 잠자리
강 건너 뭐 하러 왔나
왜 여태 안 간 거냐
반도에 그리운 인연 있기는 있는 거냐

용두레 우물곁에도 민화투판은 있다
소주병 막걸릿잔
삼삼오오 둘러앉아
칠팔 순 서러운 얘기 해란강에 풀어낸다

자식들은 어디로 돈벌이 나간 건가
더러는 남녘 얘기
또 더러는 북녘 얘기
입술에 묻은 '쌍시옷' 하늘하늘 잠자리 떼

제주 버섯마당

전화하면 "예! 오빠" 응답하는 그 여자
한라산 한 자락을 눈발 속에 끌고 와서
참나무 원목에 붙은 버섯처럼 피어있다

삼십 년 버섯 농사 여자이길 포기한 여자
홀아방 어디 없냐고 너스레를 떨지만
누구도 그 말을 곧게 들은 척을 않는다

'제주버섯마당'이라 이름 지어 줬더니
"마당은 무슨 마당" "그냥 밭"이라 했지만
단 한 번 고집을 꺾고 내 말 받은 셋째 처제

혼자 우는 오름

온다 간다 말없이
억새 물결 갔다니

온다 간다 말없이
장끼마저 갔다니

양지꽃
등을 끄려나
저 혼자 남은 오름

바람이 끌고 온 석굴암 단풍아

산아 산아 한라산아 절아 절아 석굴암아

바람이며 등반대가 끌고 온 한줄기 단풍

여기를 오간 가슴들 그 불은 누가 끄나

어떤 축제

연애인지 치매인지 옆 병실 할머니가
화장을 하다 문득 손거울만 바라본다
그 옛날 화가의 꿈을 포기한 게 억울한 듯

잎사귀도 새소리도 다 떨군 팽나무같이
의사들 회진시간엔 꼼짝 않고 기다린다
손자뻘 하얀 가운에 "오빠야!" 손뼉도 쳐낸다

연애편지 건네듯 빵을 건넨 할머니
누가 한때 청춘아니랴 처녀총각 아니랴
초겨울 병동의 저녁 첫눈처럼 설렌다

긁다 만 부스럼같이

에라
그만두자
긁다 만 부스럼같이

에라
그만두자
끄다 만 집어등같이

솔째기 바다빛 살빛 얼비치는 하늘 한켠

눈 감거나 뜨거나 그저 그런 밤이었을까
가시처럼 박혀있는 이야기가 남았는지
갯마을 올레길 돌아 눈을 뜬 듯 감은 듯

눈물 창창

바다 불빛 바다가 컸나
하늘 불빛 하늘이 컸나

바다엔 불빛이 창창
하늘에도 불빛이 창창

이 섬이 날 가둬 놓고 눈물 창창 그러네

망오름에 누워있어도

누가 저놈 뒷배라고?
대체 그가 누군데?

시험 한 번 안 치고도
여태 관록 먹었다고?

봄꿩이 흔들어 대도
눈썹 까딱 않는 놈아!

섬벌초

끊어야지 술 담배 끊듯 그렇게 끊어야지
명절 두 번 제사 한 번 그것도 모자라서
해마다 벌초도 두 번 뻔뻔스레 잘도 받네

뼈와 살을 줬기에 그렇다손 치더라도
끊어야지 세상 인연 이제 끊고 가야지
가난한 어느 별인들 밥술이나 굶겠느냐

명절보다 벌초 땐 꼭 가는 섬사람들
봄 벌초 가을 벌초 다 놓치고 맞은 추석
오늘 밤 어느 산소에 달무리 핑 뜰까 몰라

방아깨비 내 고향

산 보고 꾸벅꾸벅
바다 보고 꾸벅꾸벅
방아깨비 한 마리
온종일 꾸벅꾸벅
가끔은 꿈도 고향도 윷판에 실려 간다

고향을 뜨고 싶어 뜬 사람이 있겠는가
제주시로 서귀포로 서울로 부산으로
멍석윷 흩뿌린 길을 숙명처럼 끌고 가네

부적같이 품어온 복권 아내 몰래 꺼내 보네
내 지나온 길 모두가 아리랑길 아니던가
그중에 정작 못 달랜 남조로가 햐, 아프네

명치鳴雉동산

밤마다 환청처럼 꿩 소리가 들려오네
가을 끝에 와서야 성가시게 왜 우나
올봄엔 명치동산에 다녀오질 못했네

아무리 그래 봐라, 사랑은 놓치는 거다
야속한 게 세상이라 말해줘야 하는데
고향길 한 시간 거리 반년 넘게 못 가봤네

* 위미리 명치동산은 꿩이 우는 동산이다.

붉은오름 하르방산

위미리 어부들은 좀 일찍 세상을 뜬다
바다에 빠져 죽거나 술에 빠져 죽거나
뱃고동 혼을 부르듯 그렇게 사라져간다

삐걱삐걱 돛단배 얻어 탄 내 오대조
가물가물 갈치에 홀려 수평선을 넘었나
등불도 달빛 별빛도 다 꺼진 밤이었다

먼바다에 몸이 묻혀 먼 산에 산소를 썼나
옷가지 두서너 벌 할머니 곁에 묻었는데
아들아, 돛도 안 올리고 헤매는 봉분 어쩔거나

한림항엔 그리움이 없다

한림항에 와서는 그리운 게 하나 없다
온 밤을 불배들이 그걸 다 태웠는지
비양도 멍하니 봐도 그리운 게 하나 없다

5부

게미용 점방 불빛

그리움만 도려내지

환부를 도려내듯

그리움만 도려내지

창창한 한 생애를

왜 그대로 내려놨나

"퉁"하면

삶과 그리움이 함께 도는 고스톱판

콩당당복닥

누구 손에 들었을까
콩당당복닥 콩당당복닥
뭔 말인지 모르면서
콩당당복닥 복닥 복닥
게미용 점방 불빛도 달빛만큼 밝았다

이 나라 이 섬에서 내 고향에서만 전해졌을까
그 놀이
콩당당복닥
왠지 이별의 냄새가 난다
손안에 돌 들어가면 상대편에 끌려갔다

아니면 그게 아니면 어디서 온 말일까
일테면 콩 걷을 때 콩 몇 알 흘리고 가란
배고픈 어느 장끼의 깽판 놓는 소린 아닐까

* 내 고향 위미에서만 행해졌던 놀이문화

돌레방석

모다들라 모다들라 돌레방석 소곱이 들라

풋겡이영 똥겡이영 작지돌에 모다들라

바당이 물싸멍 주는 겡이죽이나 먹어보카

* 제주에서 게를 잡는 한 방식

자녀 셋을 완판했으니

굼벵이도 구르는 재주가 있다 했지
막내딸 혼사 끝내자 어느 선배 하는 말
청년들 삼포시대에 현대판 장사꾼일세

하늘 밥상

오늘 저녁

어느 누가 걷어찬 밥상일까

그래, 이 친구야

올 농사도 적자라고?

가난한 밥상에 뜨던

그 별빛 다 쏟았겠네

꺼져간다. 봉분들

이대로 꺼져주랴 이대로 꺼져주랴
뻐꾹뻐꾹뻐꾹이 요즘 자꾸 저러시네
몇 년째 병수발 받다 요즘 자꾸 저러시네

이백 년쯤 되었을까 삼백 년쯤 되었을까
비치미오름 오르다가 무덤 자리 흔적을 보네
눈비와 바람에 흩어진 한 생애를 만났네

종손과 실랑이 끝에 명절제사 작파했네
살아서 육칠십 년 죽어서 이삼백 년
천년도 누리지 못한 봉분들이 꺼져간다

망아피 할망

섬 속에 감감 숨은 산마을 우리 할망 집
마당귀 바람결에
세숫대야만 덜겅대도
어미 닭 놀란 눈으로
고개 쳐든
망오름

치매예방교육

데면데면 삼사십 년 모처럼 만난 형제들

'치매예방'하자며 화투를 꺼내온다

갓 쪄낸 감자를 들고 에라이 못 먹어도

고~~

첫 경험

잎 다 진 참나무에 과일 몇 일렁인다
초겨울 어스름 저녁 저게 무슨 과일일까
후루룩 날아오르는 떼까마귀 여섯 마리

링거대 링거액이 주렁주렁 달렸다는
어느 선배 그 전화에 우린 통쾌하게 웃었다
그렇게 많은 링거를 달아 본 건 처음이란다

본질과 현상이라 쉽게 말하지 마라
링거가 많을수록 전과가 많다는 뜻
그 선배 어깻죽지가 가벼워졌으면 좋겠다

까투리

올봄엔 못 참겠네

울고 싶어 못 참겠네

이 땅의 그리움은 사월 줄을 몰라라

찔레꽃 반쯤 켜놓고 반쯤 우는 들판아

애벌레 풍경소리

낙엽이 지고 나니 절 한 채가 보인다

절집 사람들은 잠시 외출하였는가

몸 뱅뱅 감은 낙엽만 대롱이는 풍경소리

종달

결국 온 것이다 올 곳에 온 것이다
허랑방탕 한세월 여권 한 장 없어도
제주와 서귀포시가 맞닿은 곳에 온 것이다

종달리 바닷가는 그리움의 끝이다
플라스틱 하얀 의자가 파고드는 모래톱
우도와 지미봉마저 바람이 버렸을까

횟집에 얼핏 들러 돌아선 우도 유람선
그렇게 가야 한다 당도할 곳 없어도
이왕에 여기 왔으니 한마디는 뱉자
씨이발

황혼 혹은 여명,
그 어스름한 길의 순례자

박 진 임(문학평론가 · 평택대교수)

1. 황혼과 여명 사이

먼 훗날 이런 전설 하나쯤 갖게 되면 어떨까? 어느 날 갑자기 오래된 서정시와 헤어질 결심을 한 시인이 있다고 한다. 곱고 서럽고 외롭… 그 시인의 소중한 시어들을 위해 준비된 수식어들이다. 그의 시 세계를 설명하는 데에는 그런 수식어가 필요했다. 그의 가슴에서 태어나 어여삐 눈 뜨고 숨쉬기 시작한 말들은 메아리가 되어 퍼지곤 했다. 귀 기울여 그 울림을 듣는 독자를 눈물 흘리게 했다. 그러던 어느 날, 시인은 그토록 곱던 시어들을 외면하기 시작했다. 한 생애에 걸쳐 간직해 온 간절한 첫정을 그만 접어버린 듯 싸늘하게 돌아선 사나이의 모습을 보여주었다. 서정시를 서정시답게 쓰기를 그만두기로 아예 작정해버린 듯했다. 박찬욱 감독의 영화, 〈헤어질 결심〉에는 특이한 표현들이 자주 등장한다. 한국어 원어민이 아닌 조선족 한국인 여성 주인공이 구사하는 한국어들로 구성된 표현이라 조금 이질적이다. 정황에 맞지 않는 표현들, 예를 들어 "그 남자의 심장을 갖고 싶어, 마침내, 헤어질 결심을 하려구요"… 등의 말들은 자주 오해를 불러일으킨다. 이해가 불가능한 것은 아니나 부자연스러운 말들이다. 너무나 일상적이지 않아서 오히려 시적으로 들릴 수도 있는 그런 말들이다. 그런데 조금씩, 아주 미묘하게 이질적인 말들이 생성하는 틈새, 그리고 그 간격이 빚어내는 긴장이 그 영화의 핵심에 해당한다고 보아도 무방하다. 그 영화의 주인공을 닮기라도 하려는지 전설 속 우리의 시인도 익숙했던 서정시와 결별한 이후 그 주인공처럼 발화하기 시작했다. 왠지 낯설고 뭔가 어색하고 때로 지극히 부적절해 보이는 말들을 대신 사용하기 시작한 것이다. 영화 속의 미묘한 한국어들처럼 낯선 시어들이 그의 텍스트를 지배하기 시작했다. "내 언제 그대 안에 내 그리움

갇혔던가"(「원담」) 하고 탄식하던 모습은 사라지고 그
자리, 지극히 건조한 묘사가 들어서 있음을 볼 수 있
다. 「긁다 만 부스럼같이」를 보자.

> 에라
> 그만두자
> 긁다 만 부스럼같이
>
> 에라
> 그만두자
> 끄다 만 집어등같이
>
> 솔째기 바다 빛 살 빛 얼비치는 하늘 한켠
>
> 눈 감거나 뜨거나 그저 그런 밤이었을까
> 가시처럼 박혀있는 이야기가 남았는지
> 갯마을 올레길 돌아 눈을 뜬 듯 감은 듯
>   -「긁다 만 부스럼같이」

"에라 그만두자"! 이와 같은 초장으로도 현대 시조
텍스트가 빚어질 수 있다는 것을 실험적으로 보임으
로써 오승철 시인은 21세기 시조의 새 장을 열고 있

다. 초장의 후반부에서는 한결 더 그러하다. "긁다 만 부스럼같이" 구절에서 보듯, 부스럼 긁는 행위라는 비유를 통해서, 해 오던 일을 중단하는 일을 묘사하고 있다. "에라 그만두자"는 이미 저자 바닥에서나 발견할 수 있을 법한 일상인의 발화에 해당할 터이고 "긁다 만 부스럼"이란 표현 또한 지극히 비루한 현실의 한 장면에서 포착할 만한 표현이다. 시인이라면, 그것도 20대에 등단하여 반세기 동안 한국어를 어루만지며 밤을 새우곤 하던 시인이라면 우선 혐오하고 기피할 법한 말들이다. 시어들의 공화국에서는 일찌감치 추방당하여 변경의 유배지로 내몰렸을 법한 말들이다. 거기서 그 말들은 먼 하늘을 바라보며 스스로의 거친 속성을 반성하고 있을 법하다. 그러나 인도 카스트 제도의 불가촉천민에게 악수를 청하는 브라만처럼, 오승철 시인은 그 유배된 말들을 서정시의 왕국으로 불러들이고 있다. 중장에 등장하는 "끄다 만 집어등같이" 표현을 보자. 초장의 "긁다 만 부스럼"보다는 한층 서정적인 표현이다. 그러나 '집어등' 또한 지극히 구체적인 현실의 단어가 아닐 수 없다. 정확한 물질성이 담보로 설정된 말이다. 제주 바다를 낭만적 눈길로 바라보는 시인의 텍스트에 등장하는 집어등과 제주 시인의 집어등은 동일한 집어등이라 할 수 없다. 전자의 경우, 어둠 속에 홀로 빛을 내는 집어등 불빛은 아름다움을 지칭할 뿐이지만 후자의 집어등은 바다가 지닌 삶의 사연들을 기억하고 채록하는데 필요한 구체적이고 정확한 시적 장치이기 때문이다.

이처럼 예외적인 표현들을 도입하여 독자의 주의를 환기하는 방식으로 텍스트를 열면서 오승철 시인이 궁극적으로 이르고자 하는 곳은 어떤 곳일까? 첫수의 종장에서 대기하고 있는, "솔째기 바다빛 살빛 얼비치는 하늘 한켠"을 보자. 시인이 첫수에서 그리고자 한 것은 바다빛과 손을 맞잡은 듯 조화를 이루고 있는 하늘의 한 귀퉁이, 거기 어린 미묘한 빛임을 알 수 있다. 하늘에 서린 서기를 목도하면서 그 절대적 숭고미에 압도된 채 감히 지상의 언어로 그것을 묘사하려는 시도조차 머뭇거리고 있는 시인의 모습을 그 구절에서 발견하게 된다. 그 빛은 맑아서 "바다빛 살빛"이 되며 그조차 선명히 드러나는 것이 아니라 얼비치고 있다. 하늘도 전부가 아니라 한켠의 하늘이다. 시인이 그리고자 하는 그 빛은 하늘의 언저리에 머문 채 미묘하게 그 존재를 드러내고 있을 뿐이다. 예민한 감수성을 지닌 소수에게만 그 존재가 드러날 뿐. 있는 듯 없는 듯 그렇게 머물고 있을 것이다. 존재이면서 부재이고 있음과 없음이다. 사물들의 경계에 머물고 있어 그 정체가 명료하지 않다.

둘째 수에 이르면 그런 미묘한 빛의 존재 양상이 확정되는 것을 볼 수 있다. "눈을 뜬 듯 감은 듯"이란 구절을 통해 첫수에 제시된 빛의 애매한 존재성이 다시금 드러나는 것을 볼 수 있다. 눈을 뜬다는 것은 본다는 것이며 감는다는 것은 보지 않거나 보이지 않는다는 것의 등가물이다. 존재이면서 동시에 부재일 수는 있는 그런 빛의 존재 앞에서 본다는 것과 보지 않는다는 것의 경계가 흐려지고 있다. 그 흐려짐 또한 매우 자연스럽기만 하다. 더구나 텍스트의 종결 효과를 더해주기 위하여 둘째 수의 초장에는 "눈감거나 뜨거나" 한 그런 밤의 이미지가 이미 제시되어 있다. 눈감거나 뜨거나 한, 그런 밤의 한켠에서 시적 화자 또한 함께 눈을 뜬 듯 감은 듯한 모습으로 홀로 서 있다. 그 하늘의 비의를 감지하면서 겸허히 몸을 낮추게 되는 모습을 보여주고 있는 것이다.

그러므로 마침내 이 텍스트에서 시인이 궁극적으로 그려내고자 하는 것은 자아 성찰을 통한 초월 지향성이라고 볼 수 있다. 현실의 삶을 여실히 재현하면서 그 희로애락을 절절하고도 구성진 가락으로 노래하던 시인이 이제 깊은 침묵 속으로 하강하면서 숭고한 시공간에 대해 명상하고 있는 모습을 보여준다. 지극히 조용하고 고독한, 그러면서도 한편으로는 서정적인 시공간 속에서 그 숭고함은 스스로 현현하게 될 것임을 알 수 있다. 오승철 시인은 완전히 밝은 하늘의 빛도 집어등도 다 꺼진 캄캄한 어둠도 아닌 어슴푸레한 빛의 시간을 노래하고 있다. 황혼일 수도 있고 여명일 수도 있는 그 미묘한 시간대를 노래하고 있다. 그렇다면 시인은 철학자 레비나스Emmanuel Levinas가 강조한 황혼의 시간에 대해 명상하고 있는 것으로 보인다. 레비나스는 시간의 통시성 속에서 인간의 유한성을 확인할 수 있다고 보았다. 또 고통은 인간으로 하여금 삶과 죽음이 주체와는 무관한 것, 즉 타자성을 지닌 것임을 깨닫게 해준다고 강조한 바 있다. 그런 레비나스의 사유에서 황혼의 이미지는 매우 중요한 의미를 지닌다. 낮의 빛이 이울고 밤은 아직 도래하지 않은 중간 지대, 그 시간의 틈새 영역이 황혼의 시간대라고 레비나스는 부른다. 레비나스는 예술의 미학적 이미지는 황혼과도 같으며 그 황혼을 통하여 진정한 세계가 괄호 안에 들어 있는 것처럼 드러난다고 주장하기도 했다. 레비나스의 표현을 그대로 빌어오자면 미학적 이미지는 "흐릿하게 하기 the very event of obscuring," "밤으로의 침강 a descent into night," "그늘의 침투 an invasion of the shadow"에 해당한다. 낮도 밤도 아닌, 아직 낮인 듯하면서도 낮과는 다르고 밤과도 흡사하지만 아직 밤은 아닌 그런 황혼은 성聖과 속俗, 현실계와 초월계, 과거와 미래가 공존하는 미묘한 영역이라고 볼 수 있다. 황혼 속에서, 황혼과도 같은 미학적 이미지 속에서 주체는 현실의 한계를 넘어 초월성의 공간 속으로 잠시 틈입해볼 수 있는 것이다.

그 미묘한 경계 지점을 인식하면서, 또 스쳐 지나가는 순간의 이미지를 그대로 사생하면서, 오승철 시인은 홀연히 가볍게 상승하는 영혼을 그 공간에서 찾고 있다. 그러나 시인이 그처럼 다양한 장치들을 동원하여 접경지대, 혹은 중간의 영역들을 텍스트에 배치하고 있는 것은 무위無爲의 철학을 보여주는 것은 아니다. 텍스트의 주제가 될 만한 사연이 부재하여 그런 것이 아니다. 오히려 중장 "가시처럼 박혀있는 이야기가 남았는지"에서 보듯 사연은 깊고도 아프게 가슴 속에 박혀있다. 그처럼 깊은 사연에도 불구하고, 그 사연이 불러오는 가시조차 삼키면서 발화하지 않기를 선택하고 있는 것이다. 시인은 발화를 포기 함으로써 더 효과적으로 발화할 수 있는 존재이다. 침묵이 가장 화려한 수사임을 직감하며 실천하는 존재가 시인이다. 당연히 시인은 모두가 침묵할 때 홀로 소리치는 파수꾼이며 나팔수이다. 그러나 앞다투어 모두 한목소리로 말하고 있을 때는 침묵을 지키며 사색을 선택하는 것도 시인의 역할이다. 오래된 상처도 접어두고 세월의 흐름에도 풍화하지 않는 한恨도 이제는 삼키면서 인생길의 한 길목에서 문득 마주친 영성에만 오로지 집중하고 있는 모습을 오승철 시인의 텍스트에서 찾아볼 수 있다. 어쩌면 오승철 시인의 시간대는 황혼보다는 여명에 가까운 것일지도 모른다. "끄다 만 집어등" 구절에서 그 점을 확인할 수 있다. 날이 어슴푸레 밝아올 시간, 그때는 집어등 불을 꺼야 할 시간이니 그러하다. 그러나 보다 주목할 것은 시인의 시 세계 전반에 걸쳐 드러나고 있는 새로운 변화의 기운이다. "밀물이 다시금 와도 못 나가는 그리움"(「원담」) 구절에서 보았던 도저한 서정의 물결, 그 압도적인 물의 기운을 이제는 거뜬히 제어하고 있는 모습을 볼 수 있다. 물기 마른 자리에 가볍게 상승하는 공기의 기운이 대신 들어서 있는 것을 확인할 수 있다. 인간의 한계, 인간이 지닌 유한성을 자각하면서 "에라 그만두자"고 시인은 거듭 외치고 있다. "가시처럼 박혀있는 이야기"는 남았어도 "눈을 뜬 듯 감은 듯" 살리라고 다짐하고 있다. 어쩌면 "긁다 만 부스럼" 같고 "끄다 만 집어등" 같은 것이 오히려 소중하다고 뇌고 있는 것이다. "갯마을 올레길 돌아"가는 필생의 여정조차 "눈을 뜬 듯 감은 듯" 하리라고 노래하고 있다. 오승철 시인은 이제 그토록 사무쳤던 것들과 지극히 소중했던 것들을 향하여 눈을 감은 듯한 모습을 보여준다.

독자들은 아직도 오승철 시의 사무치던 구절들을 가슴 깊이 간직하고 있다. "솔체꽃 하나만 져도 먹먹한 세상에서," "이승과 저승 사이는 자맥질로 오가는 것," "이里 사무소 스피커가 혼 부르듯 하는 날," "천지

간 외로운 사랑," "가을날 신목에 올린 지전도 사족이
리" "가자, 이별의 골짝, 억새 물결 터지기 전, 아리랑
첫 대목 끌고 거기 가서 이별하자!"

그토록 강한 감동의 파도를 몰고 오던, 폭풍 같은
위력의 서정성을 이제는 억누른 채 오승철 시인은 이
제 아직 탐사해보지 않은 미묘한 경계 지대를 향해 순
례의 길을 떠나는 모습을 보여준다. 그가 나타니엘 호
손Nathaniel Hawthorne의 단편 소설, 「젊은 향사 브라
운」의 주인공이라면 그의 시간대는 황혼 녘일 것이다.
이윽고 밤이 오면 숲속 마녀들의 춤에 초대받을 수도
있겠다. 여명의 시간대라면 허만 멜빌Herman Melville
의 『백경』에서 보듯 인간의 내면, 그 심오한 바닷속 같
은 공간 속으로 들어설 수도 있겠다.

순례자의 복장은 소박해야 한다. 순례자가 지닌 것
은 나무 지팡이 하나에 불과해야 할 것이다. 그렇다면
이미 오승철 시인은 순례의 채비를 다 갖춘 듯하다.
긁다 만 부스럼과 끄다 만 집어등, 게다가 가시처럼
박혀있는 이야기가 그를 따른다. 부스럼과 집어등과
가시는 각각 순례자의 필수 요건인 소박함, 요긴함,
험난함을 상징하고 있지 않은가. 영성을 향해가는 그

순례길에서 오승철 시인은 오히려 그동안 그의 시 세계 경계 밖에 머물던 것들을 일일이 호명하며 소환해 들이고 있다. 보다 정답게 이별할 시간을 위하여 그동안 그의 텍스트 외부에 머물곤 하던 존재들에 더욱 주목하고 있는 것이다. 사진작가 권기갑의 말 한 마리(「저말이 가자 하네」), 버섯 가꾸는 처제(「제주버섯마당」), 서귀포 칠십리의 조명암(「서귀포 칠십리」)…「저말이 가자 하네」에서는 그동안 침묵하던 그림 속의 말을 새롭게 바라보는 시인의 모습을 찾아볼 수 있다. 말이 상징하는 자유의 이미지를 새롭게 인식하게 되는 변화를 보여준다. 그처럼 사소하다면 사소할 수밖에 없는, 그러나 다시 생각해보면 무엇보다도 소중한 대상들을 하나하나 새로이 호명하는 것이다. 또 소중한 기억의 편린들을 텍스트에 초대하여 책갈피의 압화로 바꾸어 간직하는 작업을 보여준다.

2. 순례자의 노래

제주에는 지금도 오일장이 열린다. 굳이 사야 할 것

이 없더라도 거기 가면 마음이 넉넉해져 돌아올 것이다. 거기에는 싱싱한 채소나 손으로 만든 물건들을 구경하는 재미가 있을 터이고 사람들과 어깨를 부딪쳐 가며 장터를 돌아다녀 보면 사람살이의 정을 새록새록 느낄 수 있을 터이니 말이다. 더러 누군가는 장터 한 귀퉁이에 서서 악기를 연주해도 좋겠다. 그동안 오승철 시세계는 제주 오일장 장터에 세운 가설무대 구실을 하기도 했다. 제주 사람들의 삶은 물론이고 한반도 사람들 모두의 삶, 그 경이와 애환과 환희와 설움을 모두 보여주는 무대였다. 그 무대에는 소박한 제주의 풀꽃들이 무리를 이루며 등장하곤 했다. 노루귀, 너도 바람꽃, 얼음새꽃, 까치 무릇, 그리고 또 솔체꽃, 숨비기꽃… 그 꽃들이 후경으로 물러서면 그 자리에 꿩이 울음 울고 고추잠자리가 낮은 비행을 보여주곤 했다. 시인에게 삶의 허기를 일깨우곤 하던 봄 꿩, 그리고 제주 섬의 슬픔을 가을마다 상기시키던 고추잠자리는 오승철 시세계를 이루어 온 주요한 구성원들이었다. 이제 그 꿩과 고추잠자리는 오승철 시세계의 전환점을 알리는 기호들로 다시금 작동하고 있다.

내 귀가 병들었나
꿩이 이미 다녀갔다고?
내 눈이 병들었나
잠자리도 다녀갔다고?
분명히 날 찾았을 텐데
응답 못 한 이승의 시월
―「꿩과 고추잠자리를 그만 울리라는 농담에 대하여」

시적 화자에게 꿩과 잠자리는 오래된 벗과도 같다.
세상에는 굳이 서로 인사를 묻지 않아도 되고, 그립다
고 속내를 드러내지 않아도 좋고, 그저 곁에 있다는
것만으로 안심이 되고 위로가 되는 그런 존재가 있다.
어쩌면 그처럼 말없이 마음을 읽어 주는 그런 벗의 존
재 여부로 한 사람의 삶을 가늠해 볼 수도 있겠다. 이
텍스트에서 시적 화자는 꿩과 잠자리가 불러오던 정
서를 여전히 기억하고 있음을 알 수 있다. 그러나 그
대상들과 함께 설정되곤 하던 주체의 좌표상 위치에
는 변화가 있음을 또한 알 수 있다. "콩알처럼 박히
던" 꿩 소리도 "꽁지에 설움을 문" 고추잠자리도 언제
나 그랬듯이 계절의 순환을 따라 다시 시적 화자를 찾
아 왔지만, 시적 화자는 그 대상의 방문에 화답하기에

는 너무 먼 위치로 이동해있다. 시인은 이미 순례의 길을 떠난 것이다. "응답 못 한 이승의 시월"이라는 종장의 매듭은 순례자의 발길이 벌써 접경지대에 도착해 있음을 보여준다. 마치도 머나먼 길을 나선 뒤 고개 위에 올라서서 스쳐 온 길들을 굽어보고 있는 듯한 시적 화자의 모습을 그 구절에서 찾아볼 수 있다. 눈 아래 보이는 어느 마을이랄까, "이승"이라 지칭된 지상계의 현실에서는 꿩 울음소리와 함께 봄이 다녀갔다. 하늘 높고 맑아진 날 고추잠자리도 다시 느린 비행으로 다가와 가을을 알린 뒤이다. 시인은 그 흔적들을 그윽한 눈길로 지켜보는 모습을 보여준다. 그러나 정작 시인의 마음이 머무는 곳은 그 경계 바깥이다. 순환하는 계절이 시간의 통시성을 지시하고 있음에 반하여 영적 순례의 길은 그 시간의 규칙성을 벗어난 곳에 놓여 있기 때문이다. 거기에서는 초월적인 시공간이 전개되고 있으며 시적 화자의 모습도 그 속에서 명멸하곤 한다.

  순례의 길에 나서기 전, 시인은 새로이 자신의 눈에 든 모든 것들을 섬세하게 관찰하고 사진 찍듯 기록하는 모습을 보여준다. 서귀포 칠십리 노래, 그 가사와 사연을 채록하면서 작사자 조명암의 생애에 대해 명상하는 「서귀포 칠십리」를 보자.

> 그게 어디 숫자여?
> 부르고픈 이름이지
> 백 리는 너무 멀고
> 오십 리는 좀 짧다고?
> '서귀포 칠십리'란 말 내뱉고 간 사람아
>
> 어디서 어디까질까, 서귀포 칠십리는
> 섬들을 한 바퀴 도는 그 거리가 그쯤이겠고
> 이 땅의 그리움 찾아 나선 길도 칠십 리
>
> 그래! 어떻던가 거기에는 있던가
> 삼팔선 넘어서면 칠십 리 더냐, 천 리 더냐
> 사람아, 칠십 리란 말 흘리고 간 사람아
>   — 「서귀포 칠십리—〈서귀포 칠십리〉란 노래를
>   작사한 조명암에 대해」

시인이 선대로부터 물려받는 유일한 유산은 언어라 할 수 있다. 또한 시인이 남기고 가는 언어들은 후대 시인이 물려받을 유산이기도 하다. 그렇다면 시인이

창작하는 텍스트는 시인에게는 모국어의 선산이라 할 수 있다. 월북 시인 조명암이 노래한 서귀포 칠십리의 의미에 대해 명상하면서 오승철 시인은 선산에 벌초하듯 모국어의 운명을 노래한다. 전해 내려온 텍스트의 씨실과 날실을 풀었다가 다시 엮어보듯 하는 모습을 보이면서 조명암 텍스트를 질료로 삼아 새로운 텍스트를 빚고 있다. 상호 텍스트성을 구현하는 시조가 어떠해야 하는 것인지, 오승철 시인은 텍스트로 보여주면서 그 전범을 이루어내고 있다. 조명암이 노래한 마음 거리, 칠십리의 은유에 화답하면서 오승철 시인은 그 마음의 거리를 다시 측량하고 있다. 칠십리는 결단코 마음의 거리이며 확정할 수 없는 거리이며 실측할 수는 더욱 없는 거리이다. 그러나 마음과 마음이 연결된 곳에서는 오히려 그 칠십리로 표기된 거리는 가장 선명하게 본연의 모습을 드러내게 된다는 것을 보여준다. 칠십리라는 암호 같은 지시어가 내포하고 있는, 막연하고도 애매한 거리의 함의를 연장하면서 오승철 시인은 "삼팔선"이라는 새로운 기호를 거기에 접합한다. 그리하여 칠십리가 지시하는, 부재이면서 동시에 존재인 거리의 은유가 더욱 복합적으로 구현

되게 만들고 있다. 칠십리의 은유가 삼팔선의 은유로 확장되는 곳에서 칠십리가 지니는 의미는 오히려 더욱 덩두렷이 부각됨을 볼 수 있다. 칠십리가 부재이면서도 존재이듯이 삼팔선도 그러하다. 지도에만 표기되던 부호로서의 38도선은 기호학적 존재이지만 지리상의 부재이기도 하다. 정치학적 의미에서 존재이면서 실체이지만 물리학적 의미에서는 부재이면서 허구이기도 한 것이다. 그처럼 존재이면서 부재인 삼팔선으로 인하여 조명암은 이곳 한반도 남쪽에서는 잊혀진 인물이 되었다. 북쪽에서도 그의 존재를 표기하는 지표가 선명한지 의문이다. 오승철 시인은 지리상의 삼팔선도 환상의 숫자이고 칠십리의 칠십리도 유동적인 기표임에 유의하며 서귀포 칠십리가 지니는 문화적 의미를 재해석하고 있다. 시인이 선택한 순례자의 길이 영성의 존재를 확인하기 위한 도정인 것처럼 서귀포 칠십리의 의미가 새로운 방식으로 해석되고 수용되는 것을 볼 수 있다.

그처럼 오래된 것들을 새로운 눈길로 바라보는 일, 또 미처 재현하지 못했던 대상들을 텍스트에 초대하는 일, 혹은 기억되어야 함에도 무심히 지나쳐오던 것들을 다시 기억하게 만드는 일… 오승철 시인은 그 작업들을 하나씩 수행하면서 순례의 길을 준비한다. 이제 오승철 시인의 최근 텍스트에 그려진 풍경들을 따라가며 순례자의 천로역정을 살펴보자. 먼저 순례자의 발길은 제주 남쪽 끄트머리, 오조리 포구에 닿아 잠시 머물게 됨을 볼 수 있다.

가을 햇살 몇 줄기 갯벌로 기어 나와
보글보글 밥을 짓는 오후 네 시 오조리 포구
비린내 폴폴 날리듯 달랑게 같은 저녁이 온다

그렇게 어느 길목 돌아 나온 갯메꽃처럼
통통통통 발동선도 오늘 밤 바다에 들면
저마다 꽃이 아니랴 우성강 갯메꽃 아니랴

온종일 발길들도 뜸하디뜸한 바닷가
그리운 그 이름마저 뱉지 않고 그냥 가리
자리젓 고린내 같은 고백 한번 없이 가리
                                    ―「오조리 포구」

아침 해가 일출봉 위로 솟아오르면 햇빛이 제일 먼

저 와 닿는다는 동네가 오조리이다. 바다로부터 멀어
지려는 듯이 새침데기처럼 돌아앉은 것이 오조리의
형상이다. 오조리 풍경은 필경 그곳을 스쳐 간 많은
이들의 기억을 반추해 보일 것이다. 마을 어귀의 정자
나무도, 물길을 따라 이어지는 제방길도, 또 저녁나절
잠시 붉게 물드는, 감나무 가지에 걸린 하늘도 오랜
세월 간직해온 그리움을 다시 불러올 것이다. 그래서
그 동네를 들어선 이가 발길 돌려 떠나가기 어렵게 만
들 터이다. 오승철 시인은 그 오조리 마을의 저녁을
"달랑게 같은 저녁"으로 묘사한다. 저녁이라는 시간대
의 서정성이 달랑게라는 비서정적 대상이 제시되는
순간 그만 색깔이 바래고 만다. 그리하여 셋째 수 종
장에 별안간 등장하는 '고백'의 형용이 참으로 자연스
러워진다. 저녁이 달랑게처럼 찾아오는 공간에서는
그리움도 "자리젓 고린내 같은 고백"의 등가물이 되어
마땅하다. 가을 햇살, 갯메꽃, 발동선… 오랜 벗처럼
친숙하고 정겨운 대상들을 일일이 호명하면서도 시적
화자는 다시 한번 결연히 천명하고 있다. "그냥 가리"
"그냥 가리." 그리움도 지나간 시간에 실어 보내리라,
갯메꽃처럼 소박하게 정겹다 할지라도 이제 통통배도

사람들도 모두 스쳐 가리라. 시인은 그렇게 거듭 다짐하고 있다. 누구라 그리움과 정을 노래하면서 젓갈 고린내의 비유를 들여왔으리? 이제 그처럼 익숙하던 모든 것들을 새로운 방식으로 호명하면서 오승철 시인은 허허로이 길을 나선 것이다. 미답의 길을 걸어가는 순례자가 되어 자신의 오랜 시력을 통해 구축한 고유의 시 세계조차 허물어가면서 그렇게 순례길을 재촉하고 있는 것이다. 오후 네 시, 하필이면 황혼의 시간대에 시인의 발길이 오조리에 머물게 되는 것도 그가 선택한 순례의 방식을 대변하는 것인지도 모를 일이다. 오조리에 이르러 어둠으로의 침강을 위한 서시를 쓰고자 하는 것인지도 모른다.

그 오조리도 넘고 종달리도 넘어 시인의 발길이 머문 곳에서 「우성강을 건너다」를 발견할 수 있다.

바다에도 강이 있다.
힘줄 같은 강이 있다.
우도와 성산포 사이 '우성강牛城江' 건너려면
갈매기 네댓 날리며
과자 뇌물도 바친다

시인 강중훈 고향

오조리도 흘려보내고

내 누이 시집 살던

종달리도 흘려보내고

보내고 남은 사람만 그 죗값이 푸르다

천진항 뱃고동 소리

마지막 울고 나면

어느 집 올레인들 이별 없이 버렸을까

물 천장 막 깨고 나온

숨비소리

저

갯메꽃

- 「우성강을 건너다」

  "시인 강중훈 고향 오조리도 흘려보내고 내 누이 시
집살던 종달리도 흘려보내고" "우도와 성산포 사이
'우성강牛城江' 건너려면" 구절에 이르게 된다. "물 천장
막 깨고 나온 숨비소리 저 갯메꽃"에 한 번 더 눈길 보
내며 시인은 순례의 길을 이어간다. 세화 오일장에 이
르러서는 사람 살이의 미웁고도 고운 정을 다시 한번
노래하기도 한다.

소설가와 언론인 재일 동포 두 김씨가

오사카에서 대판 싸워

등 돌리고 살았는데

물 건너 세화오일장에서 딱 마주쳤네. 어, 어, 어
                                    ─「어 어 어」

이윽고 모슬포 절울이 오름에 올라 그 사연에도 다시 귀 기울여본다(「모슬포 절울이 오름」). 발길 닿는 곳마다 잠시 머물러 그들의 사연에 귀 기울이면서도 어디에도 머무는 법이 없이 다시 길을 떠난다. 하늘의 어슴푸레한 빛을 향해가는 순례자의 등 뒤로 길게 드리우는 그림자가 보이는 듯하다.

3. 황혼 속의 철학자

순례자의 자세는 조촐함과 고적함을 추구하는 데에

있을 것이다. 낙엽이 지고 나니 그 모습이 제대로 드러나는 절 한 채를 그린 「애벌레 풍경소리」를 보자. 인적도 지워버린 듯 조용한 가운데 풍경소리만 거느린 채 홀로 남겨진 그 절의 이미지는 오승철 시인이 추구하는 순례의 목표지가 어디쯤인지 가늠할 수 있게 한다.

> 낙엽이 지고 나니 절 한 채가 보인다
> 절집 사람들은 잠시 외출하였는가
> 몸 뱅뱅 감은 낙엽만 대롱이는 풍경소리
>
> -「애벌레 풍경소리」

낙엽이 지고 나니 절 한 채가 보인다는 초장은 텍스트의 주제를 수식 없이 직접적으로 제시하고 있다. 봄이면 신록이, 여름이면 무성한 녹음이, 그리고 가을이면 단풍이 절을 에워싸고 있어 절은 본연의 모습을 제대로 드러낼 수 없었을 것이다. 영성을 추구하며 절을 찾은 이들도 사계를 따라 변화해 가는 숲의 기운에 채색된 절의 모습만 기억하게 되었을 것이다. 이제, 화려하다면 화려했을 법도 하고 혹 번잡하다면 번잡했을 법도 시간들이 다 흘러가고 낙엽조차 져버린 때가 찾아왔다. 시인이 주목하고 있는 것은 그제서야 제 모습을 온전히 드러내는 절 한 채의 모습이다. 시간은 자기 나름대로의 규칙을 지닌 채 흘러가고 그 시간의 흐름 속에는 분명 다시 신록과 녹음과 단풍의 순환이 내재되어 있을 것이다. 그러나 유한성을 지닌 인간 주체는 시간의 통시성 앞에서 운명의 타자성을 자각할 수 있을 뿐이다. 삶도 죽음도 인간의 통제 범위 밖에 놓여 있음을 깨닫게 되면 주체를 둘러싸고 있는 세계를 대하는 모습도 달라질 수밖에 없다. 그 변화된 눈길 앞에 절 한 채가 홀연히 총체성을 지닌 채 본격적으로 드러나고 있는 것이다. 중장에서 보듯 절을 지키는 사람들조차 부재하는 그런 시간대이다. 절 한 채의 장엄함이 그 중장으로 인해 다시 부각됨을 볼 수 있다. 그리고 종장에는 절 한 채가 담보하는 텅 빈 공간을 시적 아취로 채워줄 승화의 요소가 마침내 등장한다. 풍경소리가 시적 종결을 알려주는 표지가 되는 것이다. 그 풍경소리조차 예사로운 풍경에서 울려 나오는 소리가 아니다. "몸 뱅뱅 감은 낙엽"의 소리이며 "대롱이는" 그런 소리인 것이다. 순례자로서의 시적 화자, 절 한 채, 외출, 풍경소리… 이 모든 시적 소재들이 한 데 어울려 승화된 영혼의 텍스트를 빚고 있다.

절 한 채의 이미지를 통하여 선명하게 구현된 영적 초월의 모습은 혼자 우는 오름의 형상에서 다시 드러난다.

온다 간다 말없이
억새 물결 갔다니

온다 간다 말없이
장끼마저 갔다니

양지꽃
등을 끄려나
저 혼자 남은 오름

－「혼자 우는 오름」

오승철 시인은 제주도의 삼백여 오름을 그 누구보다도 깊이 사랑해온 시인이다. 따라비 오름 아래 가시리에서 몸국을 먹으며 그 오름의 사계를 노래해 온 시인이다. 백약이 오름의 이름 없는 들꽃들에게 '예쁘다'

는 말씀 공양을 버릇처럼 바치기도 하고 새별 오름 억새 물결에 한 생애 온갖 시름을 실어 보내곤 하던 시인이다. 이제 그는 지나간 시간들의 잔잔하고 그윽한 기억도 뒤로 하고 칠흑의 하늘에게서 느끼던 허기에도 눈 감은 채 새로운 순례자의 길에 들었다. 그런 순례자에게 길 안내를 자청하듯 "저 혼자 남은 오름"이 성큼 눈앞에 다가선다. 억새 물결도 장끼도 손님처럼 왔다가는 훌쩍 떠나가 버린 자리, 오름 하나가 휑하니 홀로 남아있다. 그러나 그 혼자 남은 오름은 공연히 홀로 남아있는 것이 아니라는 것을 시인은 이미 알고 있다. 마지막까지 주어진 역할을 묵묵히 수행하려는 의젓한 자세를 그 오름의 모습에서 발견하는 것이다. 피어난 빛이 사라질 때까지, 모두가 한가지로 서서히 어둠 속으로 침강하게 될 때까지 모든 존재를 돌아보고 보살피며 제 자리를 지키겠노라는 마음을 그 오름에서 엿보고 있다. 사태 지듯 무리져 피어나 오름의 한등성을 메우고 있는 양지꽃의 모습을 시인은 '등'이라고 읽고 있다. 누군가는 끝까지 남아 그 등이 꺼질 때까지 기다려야 할 것이다. 황혼이 암흑으로 바뀔 때까지, 그늘이 모든 존재 위에 내려 모두 침묵에 들 때까지…

자연의 이치가 그러하다면 사람살이도 그러하겠다. 낙엽이 지고 나야 절 한 채가 모습을 드러낼 수 있듯이 억새 물결도 장끼도 떠난 오름이 오름 본연의 자태를 보이듯이 삶도 시간의 유한성이라는 틀 속에서만 그 참된 값을 드러내게 될 터이다. 서귀포 한쪽에 이르러 시인이 그려보는 것도 그처럼 조촐한 절과 오름 이미지의 연장선상에 놓인 유한자 인간의 모습이다.

눈발이 펏들펏들
서귀포 동문로타리
시외버스 끊겼지만 국밥은 말고 보자
택시비 그게 문젠가 '비틀' 길을 메고 간다

2022년 12월 23일 오후 9시 50분
이 길이 십 년 후면 나를 기억해 줄까
변변한 시 한 편 없이 찾아온
서귀포 한쪽

―「서귀포 한쪽」

이 텍스트의 중심은 "변변한 시 한 편" 구절에 놓여

있다. 그리고 그 주제어를 뒷받침해주는 은유의 힘은 "2022년 12월 23일 오후 9시 50분" 구절에서 온다. 서귀포 동문 로타리 라는 공간, 그리고 2022년 12월 23일 오후 9시 50분으로 고정된 시간, 그 두 축을 전제로 하여 시인은 시 한 편의 좌표를 설정하고 있다. 시인의 삶에서 가장 소중한 것은 한 편의 시, 그것도 그 시인의 정체성을 대변해 줄 하나의 텍스트라 할 수 있다. 한 해가 다시 저물고 있는 세모의 어느 저녁, 낮고도 낮은 자세로 삶을 돌아보는 시인의 자화상은 한 채의 절과 민오름의 모습을 닮았다. 오승철 시인의 다른 텍스트에서 구현된 바들, 즉 절 한 채에서 울려 퍼지는 고요한 풍경 소리, 또 꽃등을 끄기 위하여 홀로 남은 오름의 모습, 그 청각적, 시각적 이미지를 동반하고 있는 까닭에 이 텍스트의 의미가 구체적이고도 절실하게 드러난다. 시 한 편, 그것도 변변한 시 한 편이 지니는 의미의 함축성이 충분히 구현될 수 있는 것이다. 시외버스가 끊길 시간, 택시를 타고 집으로 돌아갈 생각을 하면서 국밥을 말아먹고 있는 모습을 텍스트에 전경처럼 배치한 까닭에 이 텍스트는 더욱 구체적이면서도 설득력 있는 시가 된다. 그러한 정황 묘사를 생략한 채 "이 길이 십 년 후면 나를 기억해줄까" 하고 발화한다면 지나치게 감상적인 텍스트가 되어버릴 위험이 있다. '변변한 시 한 편 없이'라는 주제 또한 그 깊이가 덜할 것이다. 그러나 매우 구체적이어서, 자칫하면 군더더기 표현의 요소가 될 수도 있는 그와 같은 구절들을 적재적소에 배치함으로써 오승철 시인은 자신의 존재 의미를 구체적인 은유를 통해 질문하고 있는 리얼리즘 시를 완성하고 있다.

「섬벌초」에 이르면 그동안 자신의 삶에서 중요한 의미를 지녀오던 것들을 새로운 눈길로 돌아보면서 다시금 영혼의 자유를 다짐하고 있는 시인의 모습을 확인할 수 있다. "끊어야지 세상인연 이제 끊고 가야지"에서 보듯 "끊어야지"로 단절을 선언한 다음 곧이어 "이제 끊고 가야지"라고 거듭 다짐하고 있다. "끊어야지"와 "끊고 가야지"는 의미상의 부연과 확인의 기능만을 수행하는 것이 아니다. 한 번 4음절로 표현한 바가 2음절이 보태어진 6음절 말로 변주되어 다시 드러나면서 언어의 음악성까지 거기 곁들이게 됨을 볼 수 있다. 그리하여 뒤이어 오는 "가난한 어느 별인들 밥술이나 굶겠느냐"의 의미가 더욱 강한 설득력을 지니고 다가오게 된다.

끊어야지 술 담배 끊듯 그렇게 끊어야지
명절 두 번 제사 한 번 그것도 모자라서
해마다 벌초도 두 번 뻔뻔스레 잘도 받네

뼈와 살을 줬기에 그렇다손 치더라도
끊어야지 세상인연 이제 끊고 가야지
가난한 어느 별인들 밥술이나 굶겠느냐

명절보다 벌초 땐 꼭 가는 섬사람들
봄 벌초 가을 벌초 다 놓치고 맞은 추석
오늘 밤 어느 산소에 달무리 핑 뜰까 몰라.

– 「섬벌초」

「애벌레 풍경소리」「섬벌초」에서 보듯 스스로 선택
한 고적함이 시인의 순례길을 따르고 있다. 「섬벌초」
의 "가난한 어느 별인들 밥술이나 굶겠느냐" 구절에
보이는 떠돌이의 노래는 달무리의 이미지를 동반하면
서 더욱 강한 호소력을 지니게 된다. 그 정서는 「꺼져
간다 봉분들」과 「망아피 할망」 '그래도 자유를 찾아서'
로 이어지면서 텍스트들끼리 한 데 어울리어 순례자

의 길을 이끌고 있다.

4. 삶의 찬가

시인은 인생의 모든 시간대를 노래하는 존재이다. 가슴 벅찬 인생의 여명을 재현하기도 하고 그윽한 황혼의 시간대를 그려내기도 한다. 약동하는 봄날의 기운도, 여위고 사위어 가는 삶의 어느 순간도 모두 소중한 삶의 구성 요소라고 노래한다. 꿈을 조금씩 접어 갈 때 오히려 영혼이 더욱 소박하고 정결해지기도 한다고 말한다. 그러니 삶의 순간들이란 무엇인들 소중하지 않으랴? 쇠약해 가는 육체를 바라보는 새로운 시각이 절실히 필요한 것이 우리 시대이다. 오승철 시인은 아무도 피해 갈 수 없는 삶의 유한성에 대해 사색하면서 새로운 은유를 구사하고 있다. 「첫 경험」과 「그리움만 도려내지」를 보자.

> 잎 다 진 참나무에 과일 몇 일렁인다
> 초겨울 어스름 저녁 저게 무슨 과일일까
> 후루룩 날아오르는 떼까마귀 여섯 마리

링거대 링거액이 주렁주렁 달렸다는
어느 선배 그 전화에 우린 통쾌하게 웃었다
그렇게 많은 링거를 달아 본 건 처음이란다

본질과 현상이라 쉽게 말하지 마라
링거가 많을수록 전과가 많다는 뜻
그 선배 어깻죽지가 가벼워졌으면 좋겠다
-「첫 경험」

환부를 도려내듯

그리움만 도려내지

창창한 한 생애를

왜 그대로 내려놨나

"퉁"하면

삶과 그리움이 함께 도는 고스톱판
-「그리움만 도려내지」

두 편의 텍스트는 모두 병든 몸을 바라보고 있는 시인의 눈길을 느끼게 한다. 시인의 영혼은 순례길에서 나날이 가벼워지고 있지만 유한한 인생의 중력은 여전히 시인의 발길을 땅 쪽으로 이끌고 있다. 시인이 바라보는 병 든 몸은 병실에서 링거액으로 불리는 영양 수액 병의 상징을 통해 드러나고 있다. 병상 곁에 놓인 링거대에 수액 병이 하나도 아니고 여럿 매달려 있다. 그 병들은 환자의 병이 가볍지 않다는 것을 말해준다. 그러나 병든 몸을 재현하면서도 시인은 슬픔과 낙심의 정조를 드러내지 않는다. 삶의 모든 요소들을 경이롭게 바라보기로 다짐하기라도 한 듯 가볍게 그리고 유쾌한 삶의 한 장면처럼 그 정경을 묘사하고 있다. 환자의 몸이 오래된 옛집이라면 그를 지키고 서 있는 링거대는 필경 그 집 앞 큰길을 지키고 서 있는 참나무 한 그루일 것이다. 한때는 끈을 묶어 그네를 뛰며 아이들을 놀 수 있게 해주고 또 한때는 짙은 녹음으로 그늘을 드리워주던 참나무가 이제 잎 다 떨어뜨린 나목이 되어서 한 사람의 삶을 지켜주고 있다. 그 "참나무에 과일 몇 일렁인다

초겨울 어스름 저녁 저게 무슨 과일일까"하고 시인

은 노래한다. 둘째 연에 이르러서는 그 과일의 실체를 한 번 더 강조해준다. "링거대 링거액이 주렁주렁 달렸다는" 구절에서 보듯 시인이 과일이라 여기는 것이 사실은 환자의 병든 몸을 지켜주고 있는 수액병이라는 것이 다시금 드러난다. 가을에 나무에 열리는 열매는 봄, 여름 일한 자의 보람이며 그 노동의 보답이다. 병든 몸으로도 쉽게 투항하지 않는 삶, 그 생명의 위대함에 대한 찬양이 텍스트의 근저에 놓여 있음을 알 수 있다. 병조차, 병든 몸조차 삶의 과정을 이루는 것이라면 더러 병든 몸을 향해 농담을 던져도 좋겠다. "링거가 많을수록 전과가 많다는 뜻" 구절에서 한껏 가벼워진 채 병든 몸을 바라보는 순간에도 자유로움을 구가할 수 있는 순례자의 모습을 다시 한번 찾아볼 수 있다. 이미 첫째 연에서 "후루룩 날아오르는 떼까마귀 여섯 마리"의 이미지를 제시하여 정체 모를 과일 이미지 옆에 나란히 배치해 두고 있는 까닭에 환자의 몸은 이미 회복을 향해가고 있음을 확인할 수 있다. 까마귀가 제시하는 죽음의 이미지는 이미 멀찍이 물러나 있기 때문이다.

「그리움만 도려내지」에서도 삶과 죽음의 이분법을

넘어선 듯한 순례자 시인의 초연한 자세를 확인할 수 있다. "환부를 도려내듯 그리움만 도려내지 창창한 한 생애를 왜 그대로 내려놨나"하고 노래하는 초장과 중장은 서로에게 긴밀히 연결된 채 하나의 의미 단위로 남는다. 한 자 더 보탤 것도 없고 한 자가 빠져도 그 노래에는 이르지 못한다. 몸과 영혼, 환부와 그리움이 정확히 짝을 이루며 우리 삶을 구성하고 있음이 선명히 드러난다. 도려내다라는 우리 말의 정의가 속속들이 텍스트에 스미어 있다. 빙 돌려서 파내는 것이 도려내는 것이니 몸의 아픈 부위를 집도의가 도려내듯 영혼의 아픔도 그렇게 도려낼 수 있을 것이다. 시인은 도려낼 것을 도려내지 못한 채 마감한 한 생애를 향하여 애도의 정을 표현하고 있다. 그 대상의 죽음을 기억하는 시인의 방식이 고유하고도 온전하게 시인의 길을 보여준다. 오승철 시인이 망자에게 바치는 텍스트상의 애도를 통하여 망자의 생애는 시적인 승화를 거쳐 마무리된다. 오승철 시인은 단언하고 있다. 그의 삶을 내려놓게 만든 것은 환부가 아니라 그리움이었다고, 그리움을 끝까지 내려놓지 못한 한 생명이 있었다고, 삶이 곧 그리움이어서 그리움만으로 삶을 이루고 또 끝내 그 그리움을 안고 떠나간 한 생애가 있었다고, 그러므로 그의 귀천을 애도한다고.

삶의 의미를 깊이 명상하면서 생명의 대척점에 놓이는 병, 고통, 죽음의 문제라는 모티프조차 삶의 찬가로 변형시키는 오승철 시인의 시 세계는 한국계 미국 소설가 이창래 소설가의 『투항자』들의 주제를 떠올리게 만든다. 생명의 숭고한 가치, 그 절대적 의미 앞에 겸손히 옷깃을 여미게 만드는 전언을 두 텍스트는 간직하고 있다. 오승철 시 텍스트와 이창래 소설의 한 구절을 나란히 펼치고 다시 읽어보자. 소설 속 인물인 준June이 암 환자가 되어 수술을 거부한 채 여행을 떠나는 방식을 택하겠다고 말하자 그를 돌보아온 의사는 단호한 태도로 준을 질책한다.

"우리는 모두 시간에 대해 정직하지 않아요. 건강할 때나 안 그럴 때나 언제나 시간을 무심하게 대해요. 대부분 아파보아야 그 사실을 깨닫게 되죠. 난 사람들이 태어나면서 정해진 생애가 있다거나 운명에 의해 생애가 결정된다거나 하는 것을 하나도 안 믿어요. 누구나 삶의 시간을 연장하고자 한다면 그렇게 할 수 있어요. 나에게 '삶의 질' 운운하지 말아요. 살아있다는 것 자체가 바로 삶의 질이란 말이오. 영양을 섭취할 수 있고 의사소통할 수 있고 내일을 생각할 수만 있다면, 그러면 당신에게 주어지는 하루는 이미 풍족하기 짝이 없는 것이란 말입니다" (235쪽)

살아있음이란 절대적인 행운이며 함부로 거부할 수 없는 것이 우리에게 주어진 생명이라는 것을 보여주는 언술이다. 시간의 흐름과 함께 우리 몸의 환부는 조금씩 늘어날 것이다. 그처럼 몸이 아픈 것을 인생의 그리움에 대비하면서 오승철 시인은 상처와 아픔을 그리움 다스리듯 다스려 가자고 노래하고 있다. "환부를 도려내듯 그리움만 도려내지"라고 이르며 소중한 삶을 더욱 소중히 여기자고 격려하고 있다. 그리고 보면 환부와 그리움은 더욱 동질적인 것 같기도 하다. 한 뿌리에서 벋어 나온 가지 같고 한 부모에게서 난 형제 같기도 하다. 환부도 그리움도 삶에서 피해 갈 수 없는 아픔을 주는 것이면서, 살아있는 자에게만 허여되는 것이면서, 그러나 동시에 때로는 그 존재로 인하여 삶이 비로소 삶다워 지는 것임을 보면.

5. 한 번 돌아보고 두 걸음 나아가며

그래도 한 조각 남은 그리움은 끝내 오승철 시인의 가슴을 떠나지 않고 있다. 오래된 발자국처럼, 몸의 주름처럼 남은 세월의 흔적이 그리움을 배태하는 까닭에 그러하다. 그러나 그 그리움은 쉽게 더듬어 찾아낼 수 있는 그리움이 아니다. 누빔 조각보로 단단히 동여맨 듯 깊이 감추어져 있다. "더 못 버텨" 결국은 모습을 드러내게 될 때까지 시인은 시치미 떼고 더러 부정하는 듯한 모습만 보여준다. 꽁꽁 묶어둔 그리움의 단서를 찾아보자.

망오름 앞뒤로 품은

내 고향과 가족묘지

허랑방탕 꿩 한 마리

산소에 뭣하러 왔나

아버지 어머니 생각

더 못 버텨 내리는 눈

      - 「2022년 첫눈」

둥실둥실 테왁아

둥실둥실 잘 가라

낮전에는 밭으로 낮후제는 바당밭

누대로 섬을 지켜온

그들이 퇴장한다

그만둘 때 지났다고 등 떠밀진 말게나

반도의 해안선 따라

바다 밑은 다 봤다는

불턱의 저 할망들도

한때 상군 아니던가

한 사람만 물질해도 온 식구 살렸는데

어머니 숨비소리

대물림 끊긴 바다

숭고한 제주 바당에 거수경례하고 싶다

      - 「다 떠난 바다에 경례」

허랑방탕 꿩 한 마리가 되어 오래되고 정든 장소에 날아가 앉아보는 일, 그 모습을 바라보고 있는 시인의 눈앞에 서설이 내린다. 떨치고 가려는 순례자의 길에 기어이 첫눈이 내린다. 그런 날, 못 이기는 체 옛 생각에 젖어 들면 또 어떠랴. 오랜 기억을 다시 노래하면서 새로이 갈 길을 재촉하면 또 어떠랴. 「붉은오름 하르방 산」에서는 "삐걱삐걱 돛단배 얻어 탄 내 오대조" 구절에서 보듯 바다를 배경으로 사라져 간 선조들을 호명해 보기도 한다. 그러나 시인은 선조의 삶을 노래하면서도 그로써 제주 사람들의 집단 기억을 텍스트에 확정하고 있다. "위미리 어부들은 좀 일찍 세상을 뜬다"는 구절을 텍스트의 도입으로 삼고 있어 개인의 기억이 곧 그가 속한 공동체 전체의 역사임을 증명하고 있다.

「다 떠난 바다에 경례」에서는 어머니의 숨비소리를 기억함으로써 제주 해녀의 역사를 다시 쓰고 있다. "낮전에는 밭으로 낮후제는 바당밭 누대로 섬을 지켜온 그들이 퇴장한다"고 노래하여 한편으로는 쉴 틈 없이 바쁘게 살아온 제주 여성의 삶을 기리고 다른 한편으로는 세월의 변화와 함께 소실되어 가는 것들에 대한 안타까움을 드러내고 있다. 더 나아가 「방아깨비 내 고향」에 이르면 제주 사람들의 이산을 그려내기도 한다. "멍석옷 흩뿌린 길을 숙명처럼 끌고 가네" 구절에서 보듯 가장 적확한 이미지를 골라내어 헤어지고 떠나간 사람들의 삶을 추억하며 기린다. 그리고 마침내 지나온 삶의 여정을 그윽한 눈길로 돌아보고 있는 모습을 보여준다. "내 지나온 길 모두가 아리랑길 아니던가"하고 노래하는 것이다.

그렇게 한 번씩 돌아보면서 오승철 시인은 두 걸음 앞으로 나아간다. 순례자의 길이 끝나기 전에 그가 스쳐 가는 모든 풍경들이 모두 각각의 텍스트를 이루며 새로운 삶의 철학들을 독자에게 일깨워 줄 것이다. 삶에 대한 강한 긍정과 예술의 가치에 대한 더 강렬한 확신, 그리고 삶과 예술 모두를 향한 뜨거운 열정을 지닌 채 오늘도 순례자는 걷고 있다. 눈을 들어 바라보면 하늘의 빛은 여전히 어스럼할 터인데 어스럼한 그것은 여명인가 황혼인가…

* 참고한 책
Chang-rae Lee, *The Surrendered* Riverhead Books, 2001.

황금알 시인선